7/16 -3

Lili entre deux nids

Copyright © 2016
Jonna Lund Sørensen et D'eux.

Révision : Isabelle Leblanc

Traduit du danois par Yves Nadon

Catalogage avant publication de Bibliothèque
et Archives nationales du Québec et Bibliothèque et Archives Canada

Lund Sørensen, Jonna, 1977-

Lili entre deux nids
Pour enfants de 3 ans et plus.

ISBN 978-2-924645-00-0
I. Titre.
PZ23.L862Li 2016   j843'.92   C2015-942190-X

Distribution : Diffusion Dimedia
www.dimedia.com

Imprimé en Chine
par Toppan Leefung Printing Limited

EUX. NOUS. VOUS !
D'eux

1042 Walton
Sherbrooke (Québec)
J1H 1K7
www.editionsdeux.com

LILI
deux ailes, deux nids

Jonna Lund Sørensen

À Lili.
J. L. S.

d²eux

C'est le printemps.
Voici Lili !

Lili a un bec.

Lili a deux pattes.

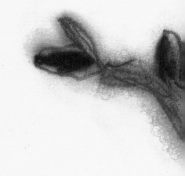

Et deux ailes pour Lili.

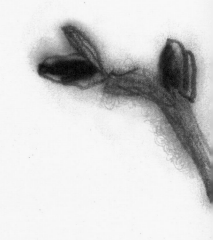

Mais où est
sa maman ?
Où est
son papa ?

Ils se sont encore disputés.

Désormais,
Lili a deux nids.

Le lundi, Lili mange
des graines
et des fruits.

Mais le mardi,
c'est spaghettis !

Le mercredi, le nid est plein de copains;
de plumes de poils
et de groins.

Le jeudi, il faut apprendre les courants; connaître le sens du vent.

Le vendredi,
Lili est fatiguée.
C'est câlin
devant la télé.

Le samedi, quel que soit le nid,
on repasse les leçons,
on fait les commissions.

Et le dimanche ?
que fait Lili ?

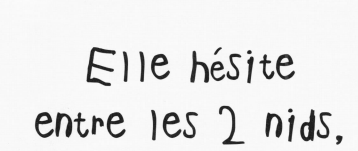

Elle hésite
entre les 2 nids,

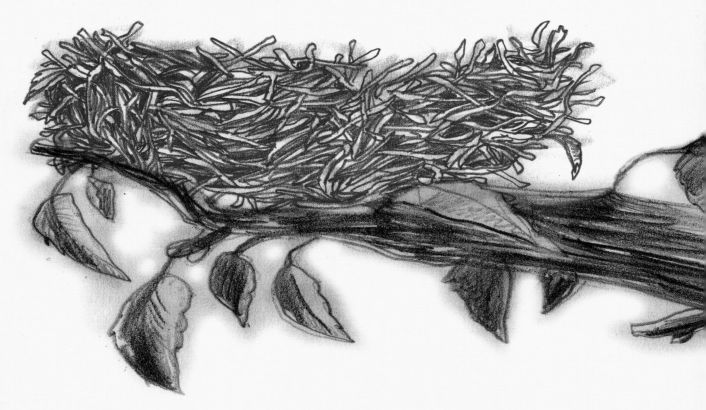

Ne sait lequel choisir
et ainsi,
apprend à voler.

Et c'est tant mieux,
car voilà déjà l'été

et son ciel bleu
comme les rêves.